Friedrich von Beust

Kleiner historischer Atlas des Kantons Zürich

Antigonos

Friedrich von Beust

Kleiner historischer Atlas des Kantons Zürich

Unveränderter Nachdruck der Originalausgabe von 1873.

1. Auflage 2024 | ISBN: 978-3-38631-097-0

Antigonos Verlag ist ein Imprint der Outlook Verlagsgesellschaft mbH.

Verlag: Outlook Verlag GmbH, Zeilweg 44, 60439 Frankfurt, Deutschland info@outlook-verlag.de
Vertretungsberechtigt: E. Roepke, Zeilweg 44, 60439 Frankfurt, Deutschland
Druck: Libri Plureos GmbH, Friedensallee 273, 22763 Hamburg, Deutschland

Vorwort.

Die vorliegende kleine Arbeit soll für verschiedene Zeitabschnitte in gewisser Beziehung ein Kulturbild der dem Kanton Zürich angehörenden Bodenfläche geben.

Wir huldigen dabei der Ansicht, daß auch eine historische Karte die topographischen Verhältnisse der Wirklichkeit entsprechend geben muß, und hoffen, daß wir alle billigen Anforderungen, welche an eine Karte im Maßstabe von 1 : 200,000 gestellt werden können, befriedigt haben. Sämmtliche Blätter enthalten Höhenkurven von 100 zu 100 Meter und einen leichten Ton zur Hervorhebung des Reliefs. Im Uebrigen aber haben wir uns bemüht, nur Das zu geben, was sich als historische Thatsache nachweisen läßt.

Als Material benutzten wir die topographischen Karten des Kantons Zürich, des Großherzogthums Baden und der Eidgenossenschaft, die Kaiser'sche Karte vom Kanton Zug, die für geologische Zwecke mit Kurven versehenen Blätter der Karte vom Kanton Aargau, die im Jahre 1566 gestochene Murer'sche Karte, die 1666 aufgenommene vortreffliche Gyger'sche Karte, den historischen Atlas der Schweiz von Vögelin, die verschiedenen Ziegler'schen Karten vom Kanton Zürich und die archäologische Karte des Kantons Zürich von Dr. Ferd. Keller. Letzterem, dem verehrten Pfahlbautenforscher, und den Professoren Gerold Meyer von Knonau, G. v. Wyß und H. Grob sprechen wir bei dieser Gelegenheit unsern herzlichen Dank für ihre durch Rath und That bereitwillig gewährte Hülfe aus.

Obgleich wir bemüht waren, gewissenhaft das Wahre vom Falschen zu sondern, so bezweifeln wir doch nicht, daß noch mancher Irrthum mituntergelaufen sein wird. Der Maßstab der Karten erleichtert aber die Beifügung von Nachträgen und etwaigen Korrekturen.

Schauen wir in die Zeiten zurück, so dürfen wir den Menschen schon in der sogenannten Eiszeit neben den riesigen Säugethieren längst vergangener Gestaltungsperioden voraussetzen. Ohne Zweifel ein Zeitgenosse des Riesenelephanten, des Höhlenbären u. s. w.; daß er aber damals schon unsere Gefilde bewohnt habe, bezweifeln wir.

Zu jener Zeit, als die riesigen Gletscher des Gotthard und Tödi bis weit in das Hügelland sich hinauserstreckten, als der erstere Gletscher fast die Höhe des Albis erreichte und seine Moräne durch die Einsattelungen in dem obern Albis hindurchdrängte, als der Tödigletscher das rothe Sernftgestein auf seinem Rücken bis auf die Höhe des Pfannenstiels trug, und als dessen Eismassen auf dem Bodensee schwammen, da war wohl nur die nordwestliche Ecke der Schweiz völlig eisfrei. Eine Karte dieser Periode würde uns nur zwei große Gletschergebiete vorführen.

Blatt I.

Man würde den Menschen aus der der Steinzeit vorausgehenden Periode von dem Gorilla nur wenig unterscheiden, hätte er nicht seine schwächeren Kräfte und ungenügenden natürlichen Waffen durch künstliche Wehr zu ersetzen gewußt und sich in Gesellschaft zum Widerstand und Angriff organisirt.

Unser unermüdlicher Keller hat die Geheimnisse des Haushaltes der Nachkommen jener Wilden aufgedeckt, welche nach der Eiszeit ihre Wohnungen in die Seen auf Pfähle bauten, ihre Geräthe und Waffen schon aus Stein, Knochen, Horn und Fischgräthen verfertigten und später auch Thon und Metall verarbeiteten und aus Pflanzenfasern Gewebe machten. Wie viele Jahrtausende mag die Periode der Pfahlbauern gedauert haben? Niemand gibt heute darauf eine genügende Antwort.

Unsere Karte zeigt die Oertlichkeiten, wo Ueberreste von Pfahlbauten sich finden, und sämmtliche Orte, in deren Nachbarschaft Waffen oder Geräthe aus der sogenannten Stein= und Broncezeit gefunden worden sind. Wenn auch der eine oder andere Fundort nicht Wohnplatz eines Pfahlbauern gewesen sein mag, so erhalten wir doch ein im Allgemeinen gewiß zutreffendes Bild der damals von Menschen besiedelten Gegenden und dürfen annehmen, daß diese ohne Unterbrechung bis heute bewohnt waren, so daß sich namentlich an den Ufern unserer Seen die Entwickelung einer Bevölkerung vom grauen Alterthum bis auf unsere Zeit vollzogen zu haben scheint.

Die sogenannten Refugien sind befestigte Oertlichkeiten, in welche sich die angegriffenen Pfahlbauern mit ihren Familien zurückzogen.

Blatt II

enthält die Fundorte römischer Alterthümer, vor allen Dingen die Straßen, Wartthürme und Wohnplätze. Von nur sehr wenigen Lokalitäten sind die römischen Namen auf uns gekommen; dagegen hat man vielfach versucht, aus den jetzigen Namen den altrömischen abzuleiten.

Als die Helvetier ein halbes Jahrhundert vor Beginn unserer Zeitrechnung den mißlungenen Versuch der Auswanderung nach Gallien gemacht hatten, kamen sie geschwächt und entmuthigt zurück und blieben von da an in einem Abhängigkeitsverhältniß von Rom. Die Germanen aber drängten mehr und mehr von Norden her nach, bis die Römer für nöthig fanden, die Verbindung zwischen ihren Streitkräften östlich und westlich von Helvetien durch dieses hindurch herzustellen. Von Augusta Rauracorum (Kaiseräugst) zog die große Heerstraße über Vindonissa (Windisch), Aquæ (Baden), Vitodurum (Oberwinterthur) und Ad fines (Pfyn) nach Arbor felix (Arbon) am Bodensee und von dort nach Augusta Vindelicorum (Augsburg). Eine zweite Straße führte von Aquæ (Baden) über Turicum (Zürich) nach Curia Rhätorum (Chur) und von dort über die Pässe des Julier und Maloja, des Septimer und Splügen hinunter nach Italien.

Den Rhein entlang war eine Reihe von Wartthürmen erbaut, von welchen durch Feuerzeichen die Annäherung des Feindes signalisirt werden konnte. Solcher Warten (Speculae) hat man vom Bodensee bis Basel bis jetzt einige 40 aufgefunden. An verschiedenen Orten wurden römische Häuser blosgelegt, welche auf große Wohlhabenheit ihrer Besitzer schließen lassen, also wahrscheinlich Landhäuser höherer Offiziere oder Beamten waren. Auch hier ist man gewiß zu der Annahme berechtigt, daß die Mehrzahl der Fundorte römischer Alterthümer ursprünglich römische Wohnplätze waren.

Blatt III.

Unser drittes Blatt führt uns das Gebiet des heutigen Kantons Zürich vor, nachdem die Alamannen siegreich die römischen Vertheidigungsmittel über den Haufen geworfen und der Herrschaft der römischen Militärmonarchie im Norden Helvetiens ein blutiges Ende gemacht hatten. Jahrhunderte vergehen, bis wieder ein so weit geordneter Zustand hergestellt ist, daß dessen unverlöschliche Spuren bis auf uns gelangen können. Die ersten Kämpfe und Mühen der neuen Ansiedler, wie ihr fruchtloser Widerstand gegen das Christenthum, sind uns nur noch durch Legenden überliefert. Mit Sicherheit sprechen erst die schriftlichen Dokumente der deutschen Könige und Klöster zu uns, welche über das Mein und Dein, über Rechte und Freiheiten, Aufschluß geben. Stiftungen zu Gunsten der Kirche, Schenkungen, Käufe und Verkäufe, Tauschgeschäfte, Freilassungen von Sclaven u. s. w. sind die bis auf uns gekommenen urkundlichen Belege für die Namen bewohnter Orte, für das Vorhandensein bestimmter Kulturverhältnisse in mehr oder weniger genau bezeichneten Lokalitäten. Sämmtliche in den uns zugänglichen Urkunden genannten Wohnplätze, deren Lage sich mit einiger Sicherheit bestimmen ließ, haben wir auf der Karte angegeben. Das reichste Material lieferte uns die zweite Auflage der von Professor Wartmann herausgegebenen Urkundensammlung der Abtei St. Gallen; aber auch die Stifter zum Groß- und Fraumünster haben manche werthvolle Urkunde bis auf uns gebracht.

Blatt IV.

Der Zürichgau, das Gebiet der Stadt Zürich, erscheint hier als einheitliches Gemeinwesen, losgetrennt von dem Pagus Turgoviæ. Die Macht des räuberischen Adels ist gebrochen und Anmaßungen der katholischen Kirche überwunden. Die zahlreichen Ritterburgen liegen in Trümmern und die Klöster beherbergen nicht mehr Mönche und Nonnen. Die Herrschaft über Land und Leute ist von dem Adel und der Kirche auf das städtische Patriziat übergegangen. Der Zürichgau ist ein werthvolles Glied des deutschen Reiches und der Eidgenossenschaft.

Die Maurer'sche Karte, 1566 bei Froschauer gedruckt, haben wir als Grundlage für unser Blatt benutzt und auch ihre Schreibart beibehalten, wo uns nicht geradezu Satzfehler vorzuliegen schienen, wie z. B. Benslikon für Bendlikon. Außer den Maurer'schen Ortsnamen enthält unsere Karte noch diejenigen von Blatt 3, welche auf Murer's Karte fehlen.

Blatt V

zeigt den Kanton den heutigen Verhältnissen entsprechend. Es gibt die Vertheilung der Wohnplätze und die Verkehrsmittel. Erstere sind sämmtlich angegeben, aber nur mit Namen versehen, wenn sie 250 oder mehr Einwohner haben, von letzteren sind die Eisenbahnen nebst den Straßen erster und zweiter Klasse eingezeichnet.

Blatt VI,

für die Schule bestimmt, wird von den Schülern nach Blatt 5, welches hiefür als Vorlage dient, ausgezeichnet.

Die Schüler berechnen zuerst die Länge einer Wegstunde, eines Kilometers, einer geographischen Meile nach dem Maßstab der Karte, dann suchen sie die Länge eines Centimeters, eines Zolles oder die Luftentfernung verschiedener Punkte, die Dicke einer zwischen zwei Horizontalkurven liegenden Bodenschicht auf unserer Karte nach ihrer wirklichen Ausmessung in der Natur, durch Rechnung festzustellen. Sie verfolgen die Höhenlinien von den niedrigsten und höchsten Punkte der Karte, verfolgen den Lauf der Gewässer bis zur Quelle einerseits und bis zur Mündung oder zum Rande der Karte anderseits. Alsdann werden die Seen, die schiffbaren Flüsse und die Sümpfe mit dünner, blauer Farbe angelegt. Die Berge sind zwar durch die Höhenlinien deutlich markirt, allein um das Relief hervorzuheben, werden sie noch mit einem Papier- oder Korkwischer dem Ton auf der Vorlage entsprechend schattirt. Geschabter Bleistift oder schwarze Kreide dient als Wischmaterial.

Sind die topographischen Verhältnisse auf diese Art eingetragen, dann werden die Kantons- und Bezirksgrenzen aufgesucht und kolorirt und die Häuserpunkte der Ortschaften verstärkt.

Zuletzt wird die Schrift ausgeführt, welche zum großen Theil ebenfalls nur verstärkt zu werden braucht, da sie in dünnen Linien vorgezeichnet ist. Außer den Bezirkshauptorten werden noch die Eisenbahnstationen und andere Orte nach Auswahl des Lehrers eingeschrieben.

Das Schulblatt dient auch zur Anfertigung eines Reliefs. Das Blatt wird auf eine Unterlage von Karton — 1½—2‴ dick und mit weißem Papier überzogen — geklebt. Für jede Horizontalschicht wird ein Blatt*) auf weißen Karton von der Dicke einer Horizontalschicht ($^{100}/_{200000}$ M.=½ Millimeter) geklebt und an der betreffenden Kurve entlang der niedrigere Theil mit der Laubsäge weggesägt. Eine Schicht nach der andern wird dann auf die Unterlage geklebt, die Seen, Flüsse und Sümpfe blau angelegt, die Dörfer verstärkt und die Namen eingeschrieben.

Ist das Relief fertig, so wird es mit sauberem Gummi und dann mit einem durchsichtigen Firniß überstrichen.

*) Bei vorsichtiger Behandlung kann man ein Blatt der Karte für 3—4 Schichten verwenden.

Druck von Rüegg zum Florhof in Wädensweil.

DER KANTON ZÜRICH
in vorrömischer Zeit.
Linienverkleinerung 1/200000 der nat. Grösse.
20 Kilometer
1 Schweizerstunden
deutsche
geogr. Meilen
15 d. g. M. auf 1 Grad d. Aequators 1 d g M = 7420 Meters.
Marthalingen
Jennig
Dörflingen
Busingen
Kornstaadt
Unter Schlatt
Neuhausen
Hemmenhofen
Wagen
Wall
Eschenz
Oberstaad
Meier
Partmuhle
Trullikon
Trullikon
Bauer See
Münchhof
Rheinsfelden
Niederwil
Fischbach
Weiach
Thalheim
Neftenbach
Kreuz
Waldhausen
Wall
Stadlerberg
Oberwinterthur
Egg
Bülach
Baden

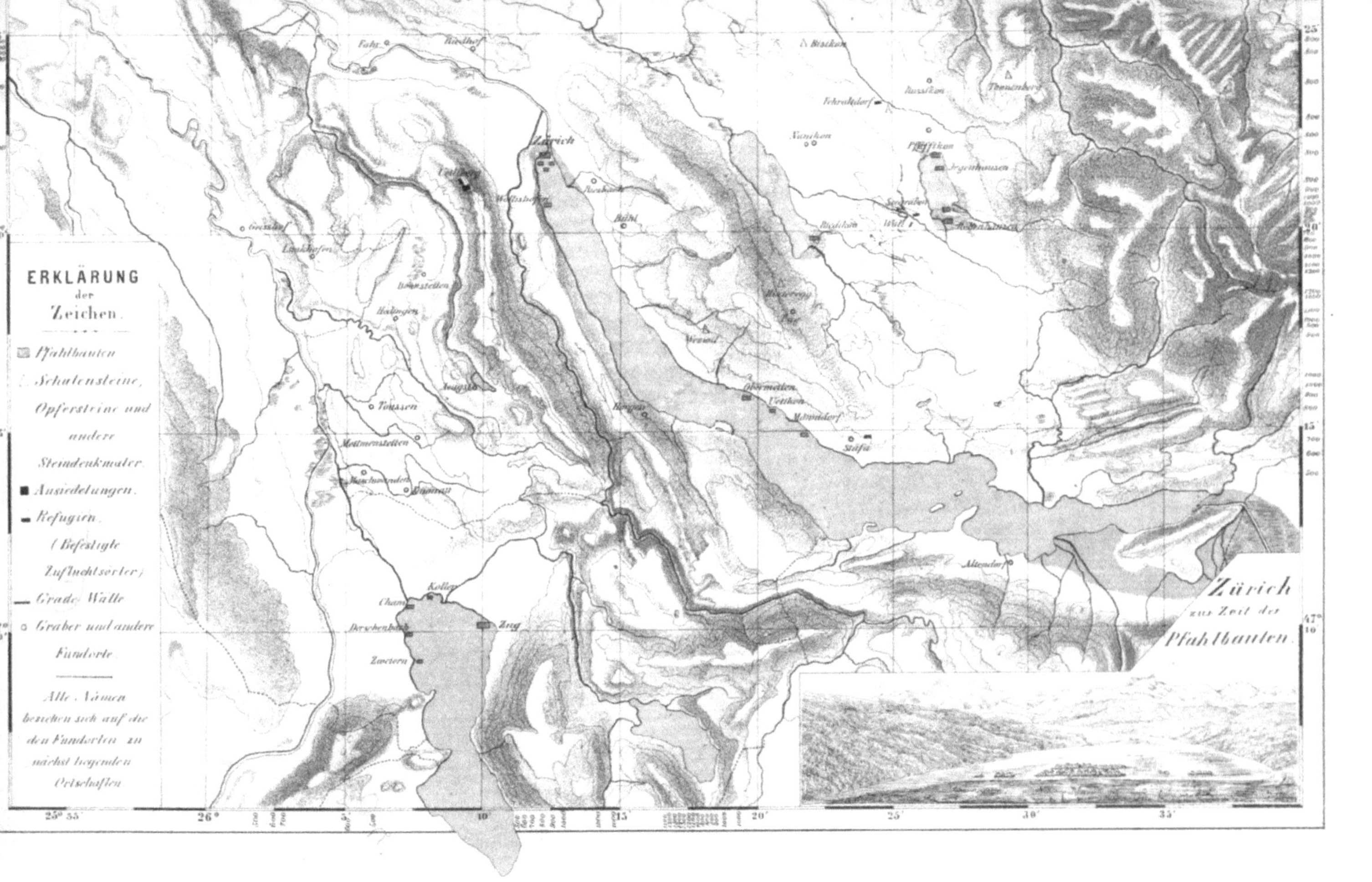

Zürich
zur Zeit der
Pfahlbauten

ERKLÄRUNG
der
Zeichen.

Pfahlbauten
Schalensteine, Opfersteine und andere Steindenkmäler.
Ansiedelungen.
Refugien. (Befestigte Zufluchtsörter)
Grade Wälle
Gräber und andere Fundorte

Alle Namen beziehen sich auf die den Fundorten zu nächst liegenden Ortschaften

Fahr
Riedhof
Blickan
Russikon
Thonenberg
Fehraltdorf
Nänikon
Pfäffikon
Jegenhausen
Seegräben
Wetzikon
Rapperswil
Greisdorf
Limbheifen
Zürich
Uetliberg
Wollishofen
Rischlikon
Bühl
Bubikon
Wald
Nänikon
Ottenstetten
Hedingen
Jonasthal
Töussen
Hausen
Uerzikon
Obermeilen
Vettikon
Männedorf
Stäfa
Mettmenstetten
Maschwanden
Dammeil
Altendorf
Kappel
Cham
Deinikon
Buschenbach
Zug
Zwieren

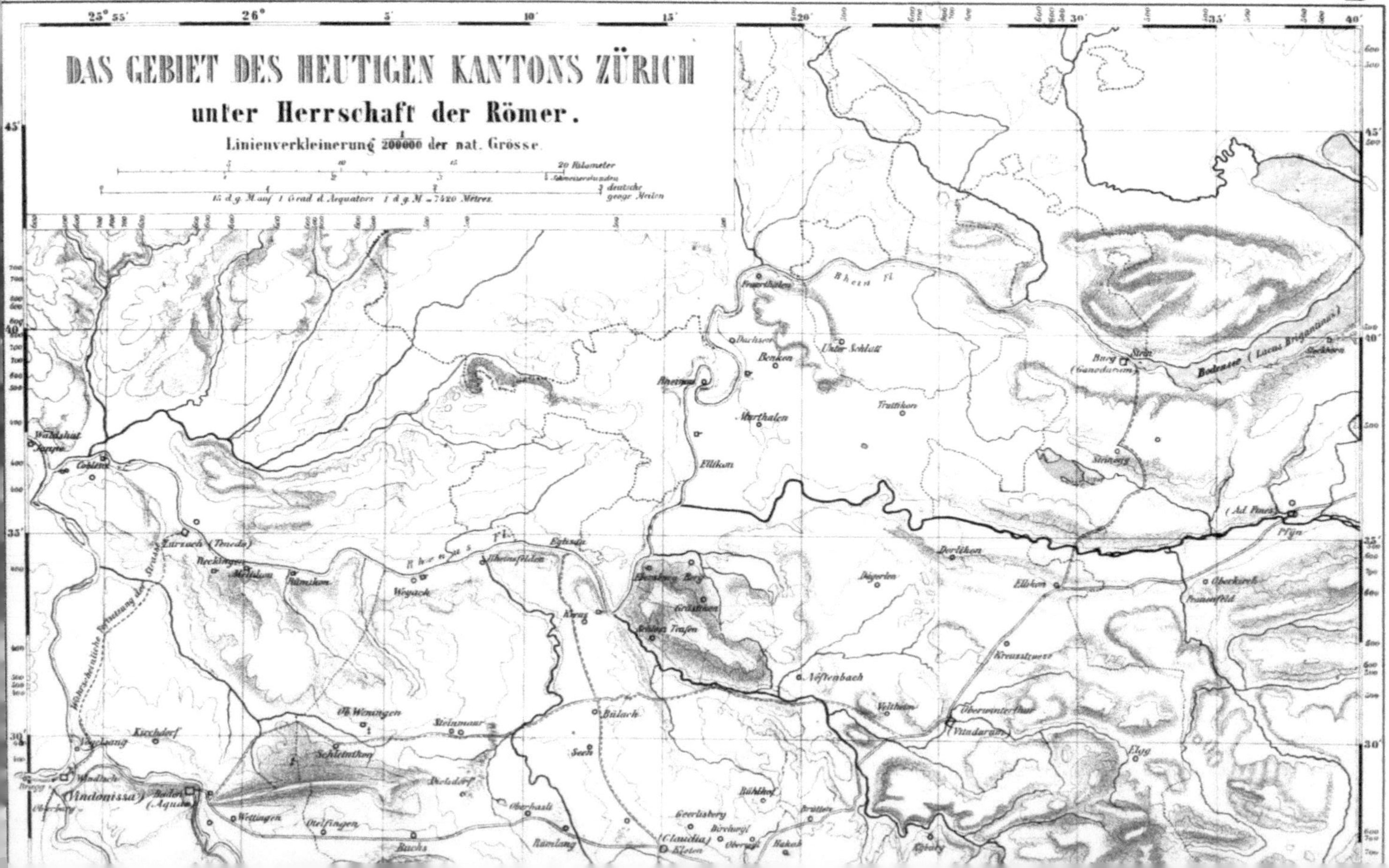

DAS GEBIET DES HEUTIGEN KANTONS ZÜRICH

unter Herrschaft der Römer.

Linienverkleinerung $\frac{1}{200000}$ der nat. Grösse.

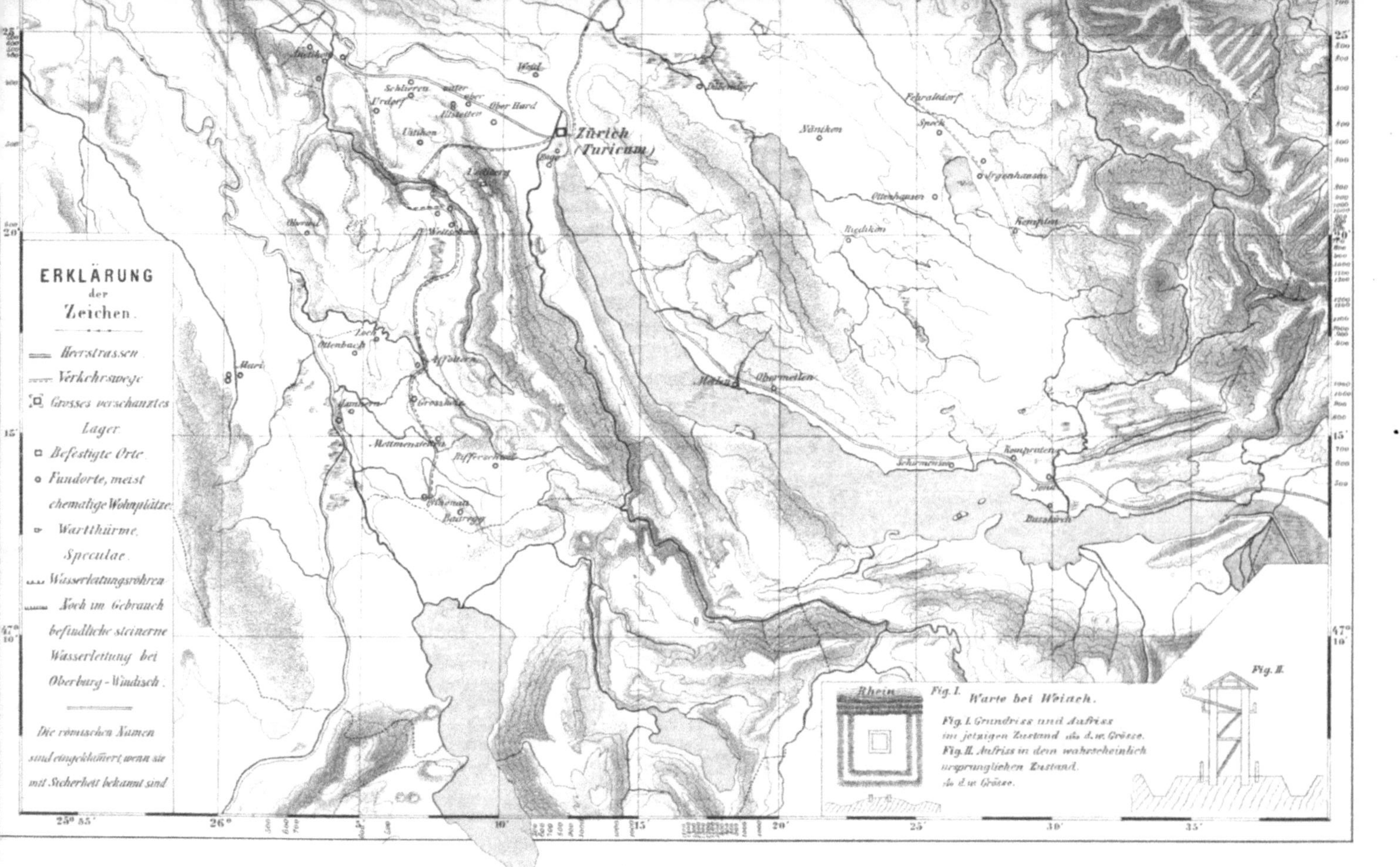

ERKLÄRUNG
der
Zeichen.
Heerstrassen.
Verkehrswege.
Grosses verschanztes Lager.
Befestigte Orte.
Fundorte, meist ehemalige Wohnplätze.
Wartthürme. Speculae.
Wasserleitungsröhren.
Noch im Gebrauch befindliche steinerne Wasserleitung bei Oberburg - Windisch.
Die römischen Namen sind eingeklammert, wenn sie mit Sicherheit bekannt sind.
Zürich (Turicum)
Wätil
Schlieren
Urdorf
unter
ober
Ober Hard
Altstetten
Uitikon
Baar
L. Ruurg
Oberaul
I. Wettsbach
Loch
Ottenbach
Affoltern
Maur
Mamikon
Grosshöle
Mettmenstetten
Rifferschwil
Gislematt
Bausregg
Obermeilen
Meilen
Schormüren
Nänikon
Speck
Jergenhausen
Ottenhausen
Kempten
Rieslikon
Kempraten
Jona
Buzahüru
Fehraltdorf
Dübendorf
Rhein
Fig. I. Warte bei Weiach.
Fig. I. Grundriss und Aufriss im jetzigen Zustand in d. w. Grösse.
Fig. II. Aufriss in dem wahrscheinlich ursprünglichen Zustand. in d. w. Grösse.
Fig. II.

DER HEUTIGE KANTON ZÜRICH

als Wohnsitz der Alamannen,

nach Besiegung und Vertreibung der Römer.

Linienverkleinerung $\frac{1}{200000}$ der nat. Grösse.

20 Kilometer
3 Schweizerstunden
3 deutsche geogr. Meilen

15 d. g. M. auf 1 Grad d. Aequators 1 d. g. M. = 7420 Mètres.

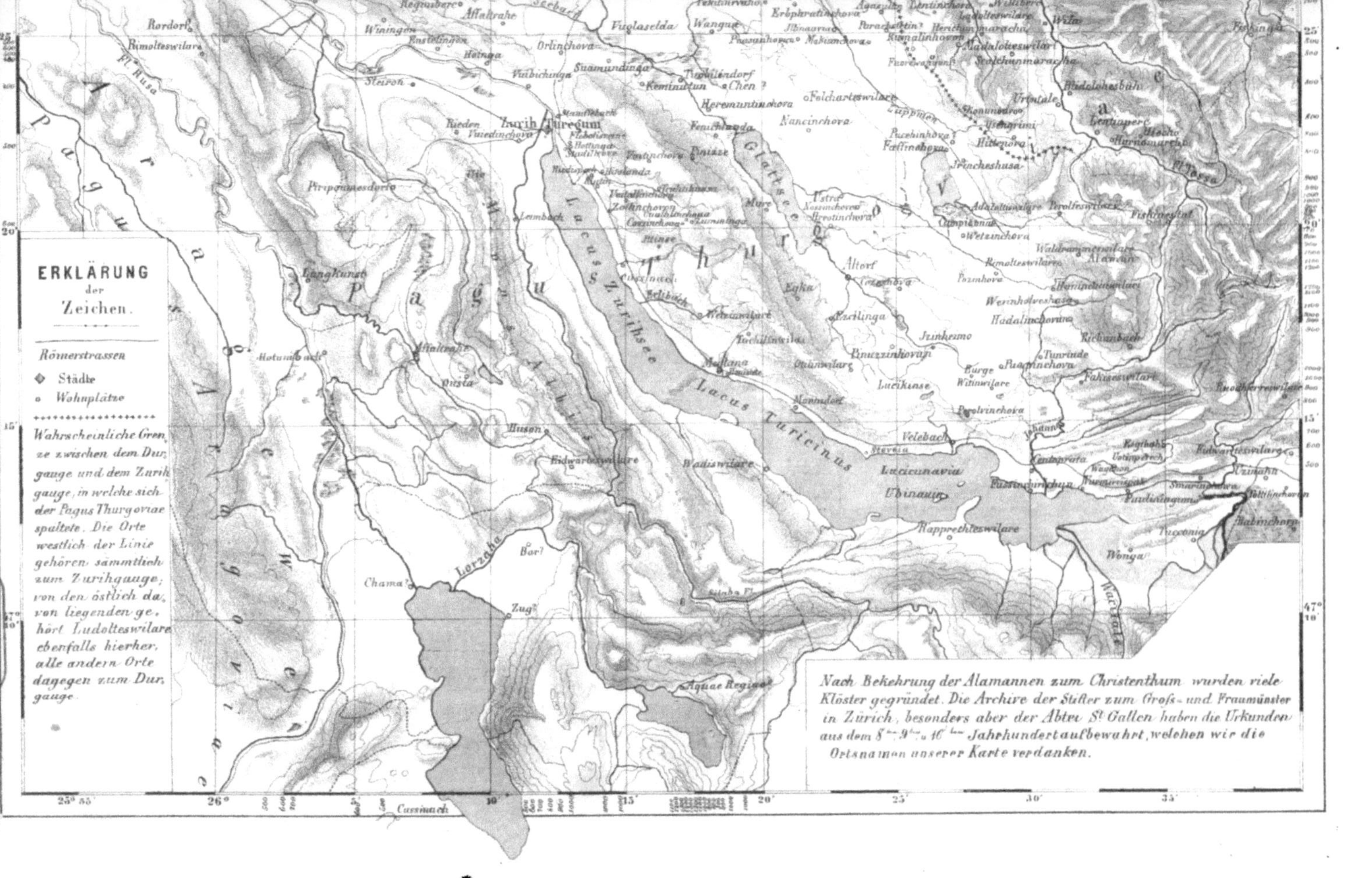
ERKLÄRUNG
der
Zeichen.
Römerstrassen
Städte
Wohnplätze
Wahrscheinliche Gren-
ze zwischen dem Dur-
gauge und dem Zurih-
gauge, in welche sich
der Pagus Thurgoviae
spaltete. Die Orte
westlich der Linie
gehören sämmtlich
zum Zurihgauge;
von den östlich da-
von liegenden ge-
hört Ludolteswilare
ebenfalls hierher,
alle andern Orte
dagegen zum Dur-
gauge.
Nach Bekehrung der Alamannen zum Christenthum wurden viele
Klöster gegründet. Die Archive der Stifter zum Grofs- und Fraumünster
in Zürich, besonders aber der Abtei St. Gallen haben die Urkunden
aus dem 8 — 9 u. 10 ten Jahrhundert aufbewahrt, welchen wir die
Ortsnamen unserer Karte verdanken.

DER KANTON ZÜRICH
von der Reformation
bis zum Ausgang des 18. Jahrhunderts.
Linienverkleinerung 200000 der nat. Grösse.

ERKLÄRUNG der Zeichen.
Wohnplätze.
Schlösser u. Burgen.
Burgen, welche auf der im Jahre 1566 gedruckten Karte von Murer schon als gebrochene bezeichnet sind.
Wohnplätze, welche in älteren Urkunden bis zu dem zehnten Jahrhundert schon genannt und auf unserem Blatt III enthalten sind.
ZÜRICH
ZÜRICH-SEE
Obersee
Greiffen-See
Zuger-See
Egerg See
Kt. Zug
Luzern
Kt. Luzern
Unterthanen der Stadt Zug
Herrschaft Rafzbach
Stift Einsiedeln
Gaster
Politische Eintheilung des Kantons Zürich bis zur Staatsumwälzung von 1798.
1. Die regierende Stadt Zürich
   A. Die inneren Obervogteien
2. O.V. Wollishofen
3. O.V. Horgen
4. O.V. Rumstetten u. Wettschwil
5. O.V. Birmensdorf
6. O.V. Wiedikon
7. O.V. Altstetten
8. O.V. Höngg
9. O.V. Regensdorf
10. O.V. Neuamt
11. O.V. Bülach
12. O.V. Rumlang
13. O.V. Schwamendingen u. Dübendorf
14. O.V. Vier Wachten u. Wipkingen
15. O.V. Küssnach
16. O.V. Erlenbach
17. O.V. Meilen
18. O.V. Männedorf
19. O.V. Stäfa
20. Gerichtsherrsch. Ebmatingen
    B. Die äusseren Land u. Obervogteien
21. L.V. Kiburg mit den Hauptämtern
    a. Oberes Amt
    b. Inneres Amt
    c. Unteres Amt
    d. Äusseres Amt mit den Nebenämtern
22. L.V. Greifensee
23. L.V. Grüningen
24. L.V. Wädenswil
25. L.V. Knonau mit dem Kelleramt
26. L.V. Regensberg
27. L.V. Eglisau
    e. Andelser Amt
    f. Embracher Amt
    g. Herrsch. Wangen mit den 3 äusseren Obervogteien
    h. O.V. Hegi
    i. O.V. Altiken
    k. O.V. Laufen
28. L.V. Andelfingen mit der äusseren Obervogtei oberrichts Herrsch. Flaach
    C. Die Munizipalstädte
29. Winterthur
30. Stein a Rh. (mit ihrem Gebiete)

KARTE DES
KANTONS ZÜRICH
Linienverkleinerung 1/200000 der nat. Grösse.
20 Kilometer
Schweizerstunden
15 d.g.M. auf 1 Grad d. Aequators. 1 d.g.M. = 7420 Mètres.
deutsche geogr. Meilen

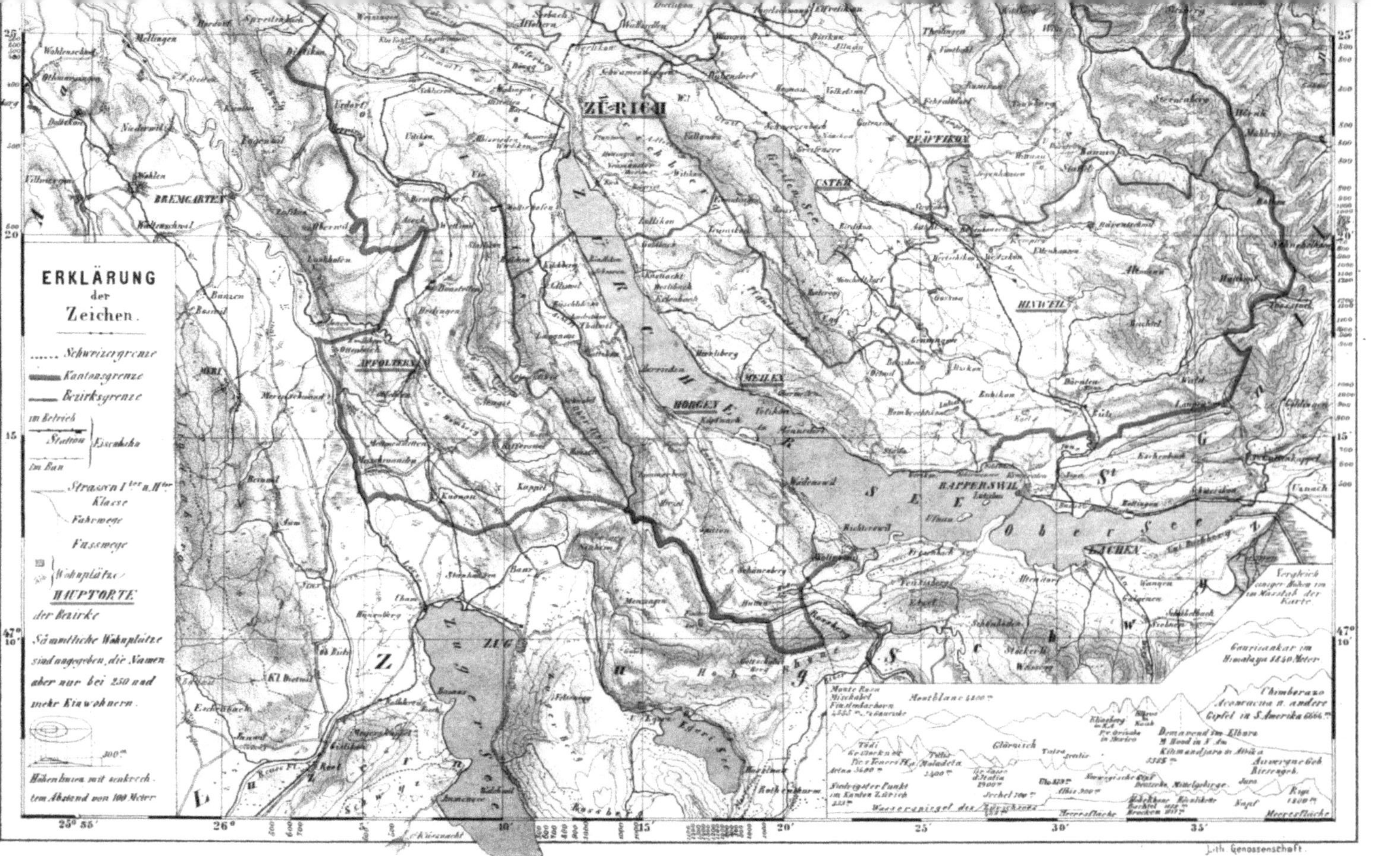

ERKLÄRUNG der Zeichen.
Schweizergrenze
Kantonsgrenze
Bezirksgrenze
im Betrieb
Station
Eisenbahn
im Bau
Strassen I ter u. II ter Klasse
Fahrwege
Fusswege
Wohnplätze
HAUPTORTE der Bezirke
Sämmtliche Wohnplätze sind angegeben, die Namen aber nur bei 250 und mehr Einwohnern.
100 m
Höhenlinien mit senkrechtem Abstand von 100 Meter
ZÜRICH
BREMGARTEN
PFÄFFIKON
HINWEIL
USTER
AFFOLTERN
MEILEN
HORGEN
RAPPERSWIL
LACHEN
Obersee
Greifen See
Pfäffiker See
Zuger See
Egeri See
ZUG
Lith. Genossenschaft.

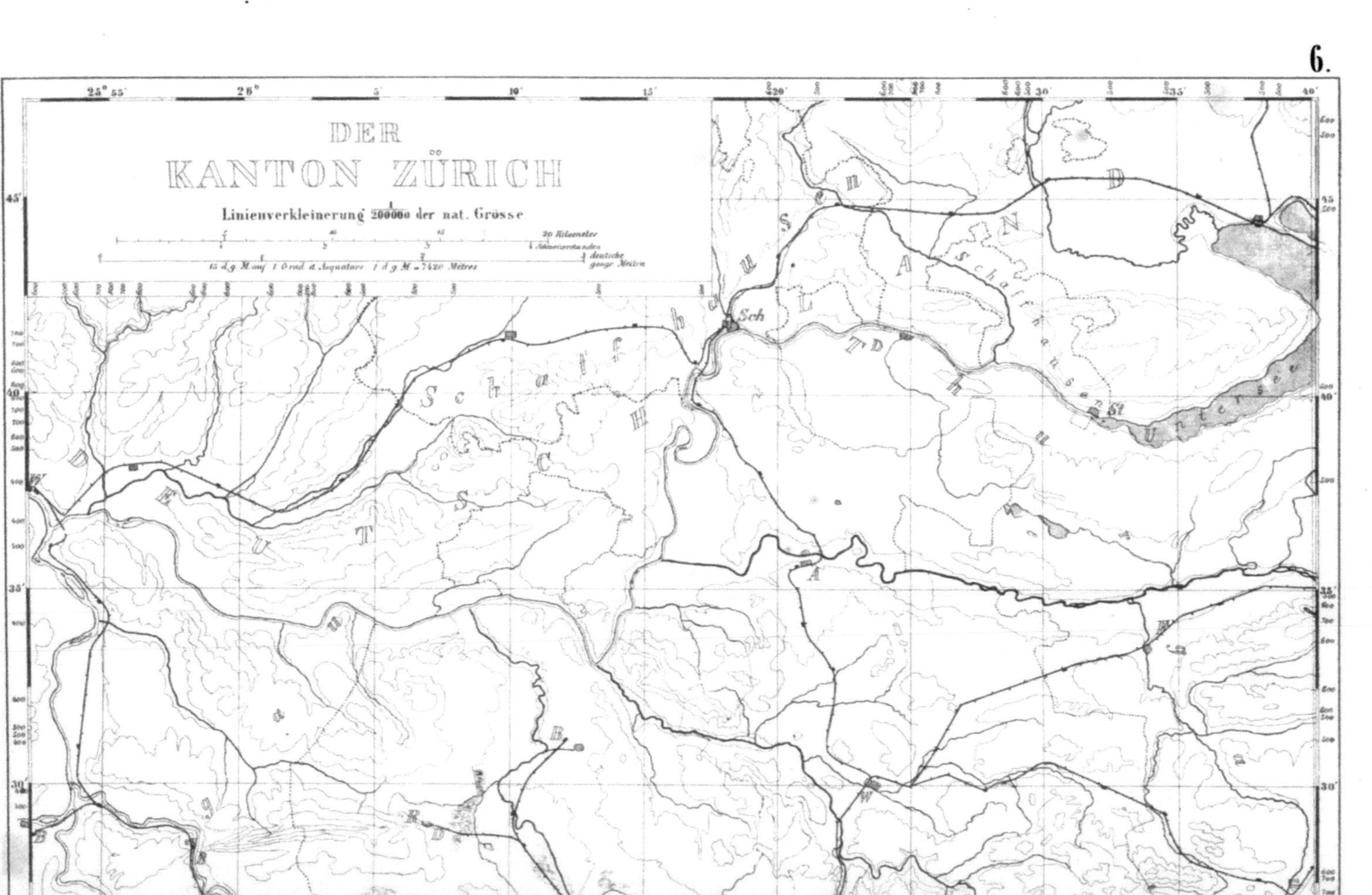

6.
DER
KANTON ZÜRICH
Linienverkleinerung 1/200000 der nat. Grösse.
15 d.g. M auf 1 Grad d. Aequators 1 d.g. M = 7420 Mètres
Kilometer
Schweizerstunden
deutsche geogr. Meilen
Schaffhausen
Sch
Untersee

ERKLÄRUNG
der
Zeichen.
Schweizergrenze
Kantonsgrenze
Bezirksgrenze
Eisenbahn.
Station
Wohnplätze
Hauptorte
der Bezirke
Höhenlinien mit
senkrechtem Ab-
stand von 100 Meter.
Greifensee
Zürichsee
Obersee
Zugersee
Vergleich
einiger Höhen
im Masstab der
Karte.
Wasserspiegel d. Zürichsees
Meeresfläche